I0686313

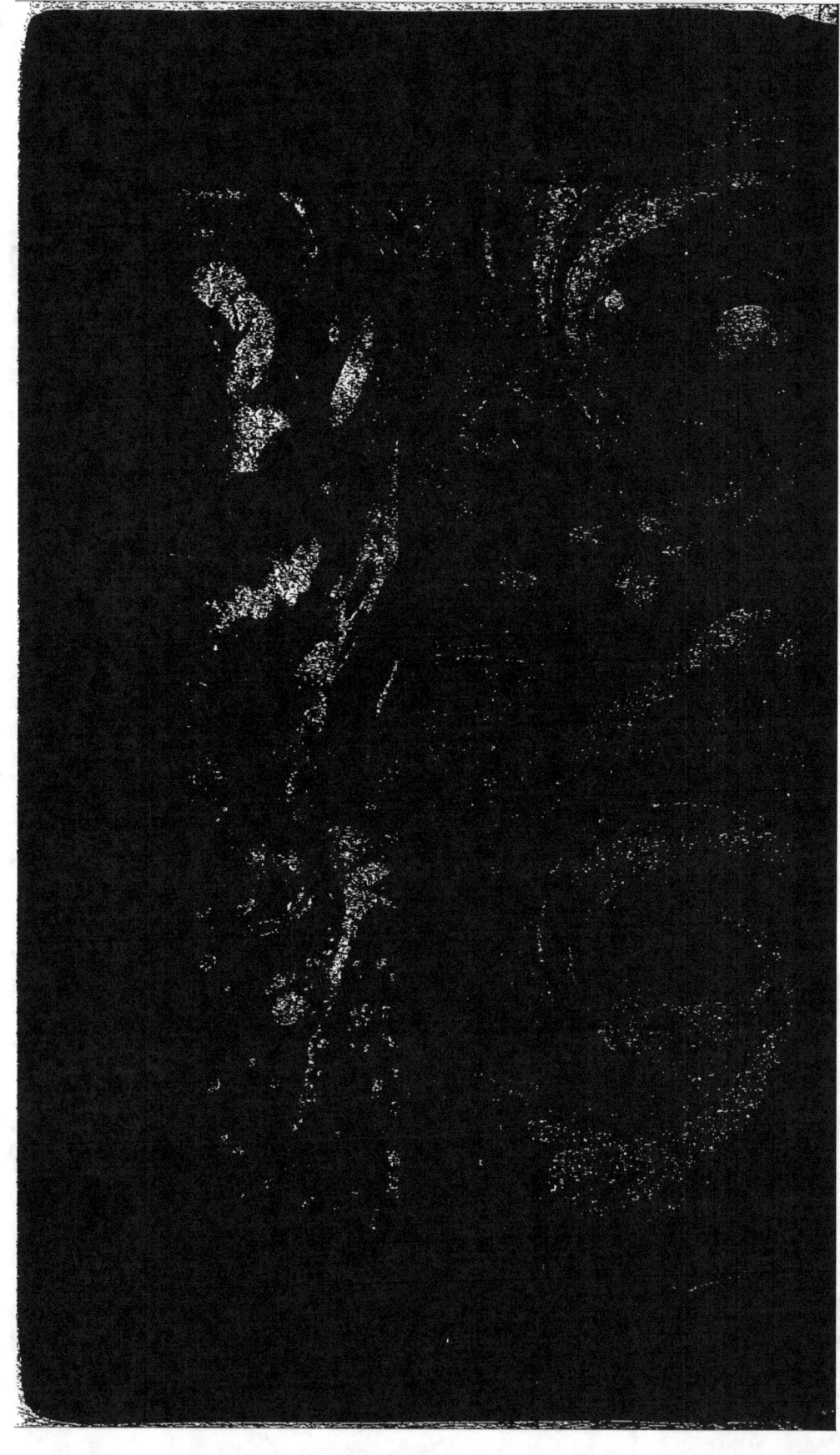

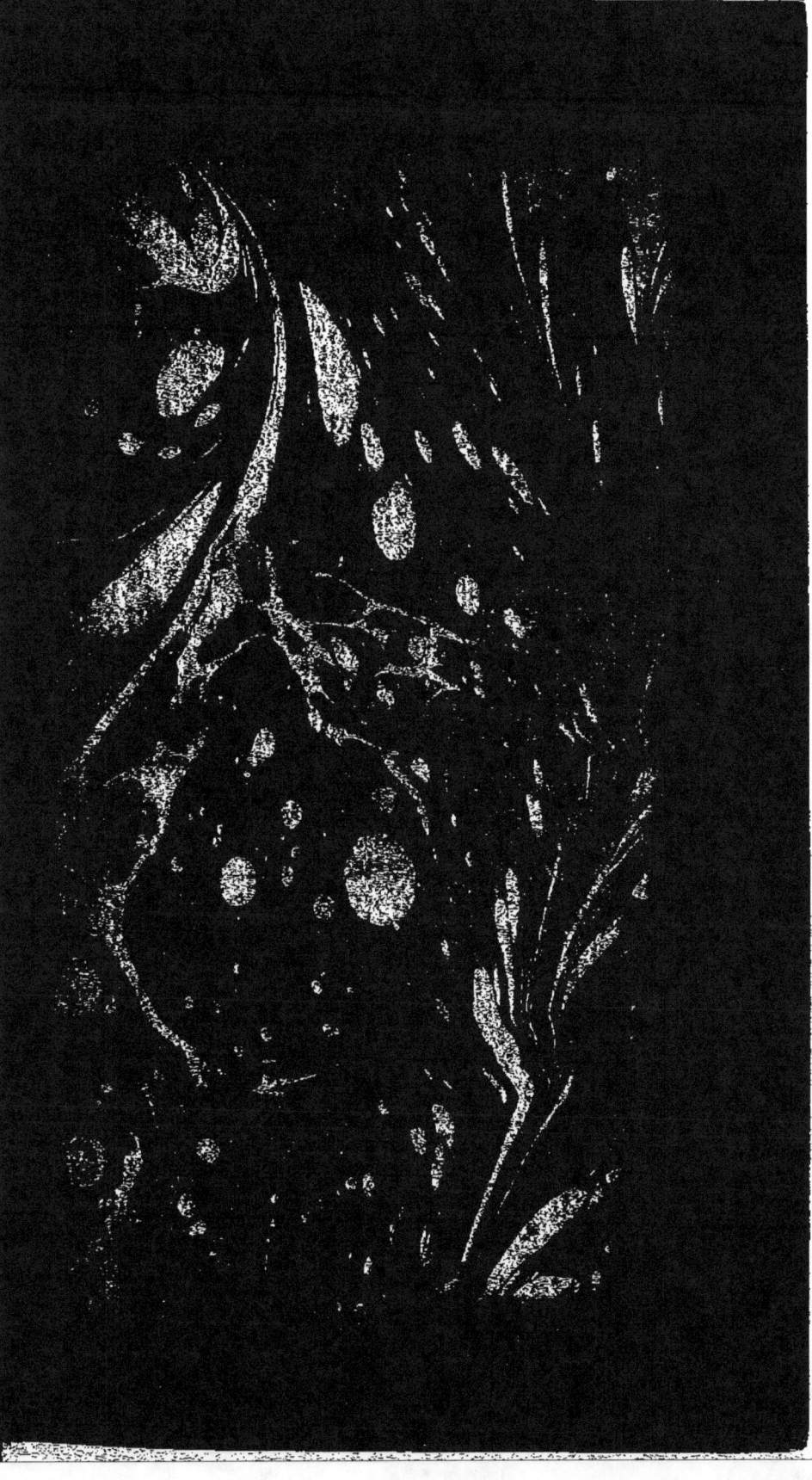

Y 5545
Y 6

Yf — 4510. 4513

LES
COMEDIES

DE MONSIEUR
DE MARIVAUX,

*Joüées fur le Théatre de l'Hôtel de
Bourgogne, par les Comédiens Italiens ordinaires du Roy.*

TOME PREMIER.

A PARIS,

Chez B R I A S S O N, Libraire, ruë faint
Jacques, à la Science.

M. DCC. XXXII.

Avec Approbations & Privilége du Roi.

(I)

TOME PREMIER.

ARLEQUIN POLI PAR L'AMOUR.

LA SURPRISE DE L'AMOUR.

LA DOUBLE INCONSTANCE.

LE PRINCE TRAVESTI.

L'on trouve aussi dans la même Boutique les autres Comédies de cet Auteur.

ARLEQUIN
POLI
PAR L'AMOUR.

COMEDIE,

Représentée pour la premiere fois par les Comédiens
Italiens ordinaires du Roi le 17. Octobre 1720.

A PARIS,

Chez BRIASSON, rue S. Jacques, à la
Science.

279

YF A510

PIECES DU THEATRE ITALIEN
de M. DE MARIVAUX, qui se vendent chez le même Libraire.

Arléquin poli par l'Amour, Comédie.
La Surprise de l'Amour, Comédie.
La double Inconstance, Comédie.
Le Prince travesti, Comédie.
La Fausse Suivante, Comédie.
L'Isle des Esclaves, Comédie.
L'Héritier de Village, Comédie.
Le Jeu de l'Amour & du Hasard, Comédie.

Le même Libraire vend aussi.

Le Théatre Italien, ou Recueil général de toutes les Comédies & Scenes Françoises représentées par les Comédiens Italiens du Roi, avec les Airs gravés & les Figures à chaque Comédie, par Ghérardi, *in-12. 6. vol. figures.* 1741.

Le nouveau Théatre Italien, ou Recueil des Pieces représentées par les Comédiens Italiens ordinaires du Roi, depuis leur établissement en 1716, jusqu'à présent : avec les Airs des Vaudevilles gravés à la fin de chaque Volume. 9. *vol. in-12.* 1733.

Les Parodies du Théatre Italien, avec les Airs gravés, 4. *vol. in-12.* 1738.

Les Comédies purement Italiennes, représentées par les Comédiens Italiens, sous le titre de Nouveau Théatre Italien de Riccoboni, avec les Traductions Françoises. 3. *vol. in-12* 1733.

Le Théatre de Mademoiselle Barbier. *in-12.* 1745.

Le Théatre de M. de Brueys. *in-12. 3. vol.* 1735.

Le Théatre de M. Palaprat. *in-12.* 1735.

Les Oeuvres de M. du Fresny. *in-12. 4. vol.* 1747. avec les Airs gravés.

Les Oeuvres de M. Autreau, 4. *vol.* avec les Airs gravés.

ACTEURS.

LA FE'E.

TRIVELIN, Domeſtique de la Fée.

ARLEQUIN, jeune homme enlevé
par la Fée.

SILVIA, Bergere, Amante d'Arlequin.

Un BERGER, Amoureux de Silvia.

Autre BERGERE, Couſine de Silvia.

Troupe de DANSEURS & CHAN-
TEURS.

Troupe de LUTINS.

ARLEQUIN
POLI
PAR L'AMOUR.

✶✶✶✶✶✶✶✶✶✶✶✶✶✶✶✶✶✶✶✶✶✶

SCENE PREMIERE.

Le Théatre repréſente le Jardin de la Fée.

LA FE'E, TRIVELIN.

TRIVELIN *à la Fée qui ſoûpire.*

 O u s ſoûpirez, Madame, & mal-
heureuſement pour vous, vous
riſquez de ſoûpirer long-tems ſi
votre raiſon n'y met ordre ; mé
permettrez-vous de vous dire ici mon ſentiment ?

LA FE'E.

Parle.

A iij

TRIVELIN.

Le jeune homme que vous avez enlevé à ſes parens , eſt un beau brun , bien
fait ; c'eſt la figure la plus charmante du
monde ; il dormoit dans un bois quand
vous le vîtes & c'étoit aſſurément voir
l'Amour endormi : je ne ſuis donc point
ſurpris du penchant ſubit qui vous a pris
pour lui.

LA FE'E.

Eſt-il rien de plus naturel que d'aimer ce
qui eſt aimable ?

TRIVELIN.

Oh ſans doute : cependant avant cette
aventure , vous aimiez aſſez le grand Enchanteur Merlin.

LA FE'E.

Eh bien , l'un me fait oublier l'autre :
cela eſt encore fort naturel.

TRIVELIN.

C'eſt la pure nature ; mais il reſte une
petite obſervation à faire : c'eſt que vous
enlevez le jeune homme endormi , quand
peu de jours après vous allez épouſer le
même Merlin qui en a votre parole. Oh!
cela devient ſérieux ; & entre nous c'eſt
prendre la nature un peu trop à la lettre.
Cependant paſſe encore : le pis qu'il en
pouvoit arriver , c'étoit d'être infidele ,
cela ſeroit très - vilain dans un homme :

mais dans une femme , cela eſt plus ſupportable. Quand une femme eſt fidele on l'admire : mais il y a des femmes modeſtes qui n'ont pas la vanité de vouloir être admirées ; vous êtes de celles-là , moins de gloire , & plus de plaiſir , à la bonne heure.

LA FE'E.

De la gloire à la place où je ſuis ? je ſerois une grande dupe de me gêner pour ſi peu de choſe.

TRIVELIN.

C'eſt bien dit , pourſuivons. Vous portez le jeune homme endormi dans votre Palais , & vous voilà à guetter le moment de ſon réveil ; vous êtes en habit de conquête & dans un attirail digne du mépris généreux que vous avez pour la gloire ; vous vous attendiez de la part du beau garçon à la ſurpriſe la plus amoureuſe ; il s'éveille , & vous ſalue du regard le plus imbécile que jamais nigaud ait porté ; vous vous approchez , il bâille deux ou trois fois de toutes ſes forces , s'allonge , ſe retourne & ſe rendort. Voilà l'hiſtoire curieuſe d'un réveil qui promettoit une ſcene ſi intéreſſante. Vous ſortez en ſoûpirant de dépit , & peut-être chaſſée par un ronflement de baſſe - taille , auſſi nourri qu'il en ſoit ; une heure ſe paſſe , il ſe ré-

veille encore, & ne voyant perſonne auprès de lui, il crie : eh ! A ce cri galant,
vous rentrez ; l'Amour ſe frottoit les yeux.
Que voulez-vous, beau jeune homme,
lui dites-vous ? je veux goûter, moi, ré-
pond-il ; mais n'êtes-vous point ſurpris de
me voir ? ajoûtez-vous ; eh : mais, oui,
repart-il. Depuis quinze jours qu'il eſt ici,
ſa converſation a toûjours été de la même
force ; cependant vous l'aimez, & qui pis
eſt, vous laiſſez penſer à Merlin qu'il va
vous épouſer, & votre deſſein, m'avez-
vous dit, eſt, s'il eſt poſſible, d'épouſer le jeune homme. Franchement ſi vous les pre-
nez tous deux, ſuivant toutes les regles,
le ſecond mari doit gâter le premier.

LA FE'E.

Je vais te répondre en deux mots : la
figure du jeune homme en queſtion m'en-
chante ; j'ignorois qu'il eût ſi peu d'eſprit
quand je l'ai enlevé. Pour moi, ſa bêtiſe
ne me rebute point : j'aime, avec les gra-
ces qu'il a déjà, celles que lui prêtera l'eſprit quand il en aura. Quelle volupté de
voir un homme auſſi charmant, me dire
à mes piés, je vous aime. Il eſt déjà le
plus beau brun du monde : mais ſa bou-
che, ſes yeux, tous ſes traits ſeront ado-
rables, quand un peu d'amour les aura
retouchés ; mes ſoins réuſſiront peut-être

à lui en inspirer. Souvent il me regarde ;
& tous les jours je touche au moment où
il peut me sentir, & se sentir lui-même.
Si cela lui arrive ; sur le champ j'en fais mon
mari ; cette qualité le mettra alors à l'a-
bri des fureurs de Merlin : mais avant cela, je n'ose mécontenter cet Enchanteur,
aussi puissant que moi , & avec qui je dif-
férerai le plus long-tems que je pourrai.

TRIVELIN.

Mais si le jeune homme n'est jamais,
ni plus amoureux , ni plus spirituel, si
l'éducation que vous tâchez de lui donner
ne réussit pas, vous épouserez donc Merlin ?

LA FÉE.

Non; car en l'épousant même, je ne
pourrois me déterminer à perdre de vûë
l'autre : & si jamais il venoit à m'aimer ,
toute mariée que je serois, je veux bien
te l'avoüer, je ne me fierois pas à moi.

TRIVELIN.

Oh , je m'en serois bien douté , sans
que vous me l'eussiez dit : Femme tentée,
& femme vaincue , c'est tout un : mais je
vois notre bel imbécile qui vient avec son
maître à danser.

A iij

SCENE II.

ARLEQUIN *entre la tête dans l'estomac,*
ou de la façon niaise dont il voudra.

SON MAITRE A DANSER,
LA FE'E, TRIVELIN.

LA FE'E.

EH bien, aimable enfant, vous me
paroiffez trifte : y a-t-il quelque chofe ici qui vous déplaife ?

ARLEQUIN.
Moi, je n'en fai rien.

TRIVELIN *rit.*
LA FE'E *à Trivelin.*
Oh ! je vous prie, ne riez pas, cela me
fait injure, je l'aime, cela vous fuffit
pour le refpecter.

Pendant ce temps Arlequin prend des Mou-
ches, la Fée continue à parler à Arlequin.
Voulez-vous bien prendre votre leçon,
mon cher enfant ?

ARLEQUIN *comme n'ayant pas enten-*
du. Hem.

LA FE'E.
Voulez-vous prendre votre leçon, pour
l'amour de moi ?

ARLEQUIN.

Non.

LA FE'E.

Quoi ! vous me refufez fi peu de chofe,
à moi qui vous aime !

*Alors Arlequin lui voit une groffe bague
au doigt, il lui va prendre la main, regarde
la bague, & leve la tête en fe mettant à rire
niaifement.*

LA FE'E.

Voulez-vous que je vous la donne !

ARLEQUIN.

Oui da.

LA FE'E *tire la bague de fon doigt, & la
lui préfente ; comme il la prend groffierement,
elle lui dit :*

Mon cher Arlequin, un beau garçon
comme vous, quand une Dame lui préfente quelque chofe, doit baifer la main en
le recevant.

*Arlequin alors prend goulument la main de
la Fée qu'il baife.*

LA FE'E *dit à Trivelin.*

Il ne m'entend pas : mais du moins fa
méprife m'a fait plaifir.

Elle ajoûte.

Baifez la vôtre à préfent.

Arlequin alors baife le deffus de fa main.

*La Fée foûpire, & lui donnant fa bague
lui dit :*

La voilà, en revanche recevez votre leçon. *Alors le maître à danser apprend à Arlequin à faire la révérence.*

Arlequin égaye cette Scene de tout ce que son génie peut lui fournir de propre au sujet.

ARLEQUIN.

Je m'ennuie.

LA FE'E.

En voilà donc affez nous allons tâcher de vous divertir.

Arlequin alors faute de joie du divertiffement proposé, & dit en riant :

Divertir, divertir

SCENE III.

Une Troupe de Chanteurs & Danfeurs.

LA FE'E ARLEQUIN,

TRIVELIN.

La Fée fait affeoir Arlequin alors auprès d'elle fur un banc de gafon, qui fera auprès de la Grille du Théatre ; pendant qu'on danfe, Arlequin fifle.

UN CHANTEUR à *Arlequin.*

Beau brunet, l'amour vous appelle.
A ce vers Arlequin fe leve niaifement, & dit :

Je ne l'entends pas, où est-il ? *Il l'appelle.* Hé, hé.

LE CHANTEUR *continue.*

Beau brunet l'amour vous appelle.

ARLEQUIN *en se rasseoyant dit :*

Qu'il crie donc plus haut.

LE CHANTEUR *continue en lui montrant la Fée.*

Voyez-vous cet objet charmant,
Ses yeux dont l'ardeur étincelle,
Vous répetent à tout moment :
Beau brunet l'amour vous appelle.

ARLEQUIN *alors en regardant les yeux de la Fée, dit :*

Dame, cela est drôle !

UNE CHANTEUSE BERGERE, *vient, & dit à Arlequin :*

Aimez, aimez, rien n'est si doux.

ARLEQUIN *là-dessus répond :*

Apprenez, apprenez-moi cela.

LA CHANTEUSE *continue en le regardant.*

Ah ! que je plains votre ignorance !
Quel bonheur pour moi quand j'y pense,
     Elle montre le Chanteur.
Qu'Atis en sache plus que vous !

LA FÉE *alors en se levant dit à Arlequin :*

Cher Arlequin, ces tendres Chanſons ne vous inſpirent-elles rien ? Que ſentez-vous ?

ARLEQUIN.

Je ſens un grand appétit.

TRIVELIN.

C'eſt-à-dire, qu'il ſoûpire après ſa collation : mais voici un payſan qui veut vous donner le plaiſir d'une danſe de village, après quoi nous irons manger.

UN PAYSAN *danſe.*

LA FE'E *ſe raſſied, & fait aſſeoir Arlequin qui s'endort; quand la danſe finit, la Fée le tire par le bras & lui dit en ſe levant:*

Vous vous endormez, que faut-il donc faire pour vous amuſer ?

ARLEQUIN *en ſe réveillant pleure.*

Hi, hi, hi, mon pere, eh je ne vois point ma mere.

LA FE'E *à Trivelin.*

Emmenez-le, il ſe diſtraira peut-être en mangeant, du chagrin qui le prend ; je ſors d'ici pour quelques momens ; quand il aura fait collation, laiſſez-le ſe promener où il voudra.

Ils ſortent tous.

SCENE IV.

La Scene change & repréfente au loin quel-
ques Moutons qui paiffent.

Silvia entre fur la Scene en habit de Bergere,
une houlette à la main, un Berger la fuit.

SILVIA, LE BERGER,

LE BERGER.

VOus me fuyez, belle Silvia!
SILVIA.
Que voulez-vous que je faffe, vous
m'entretenez d'une chofe qui m'ennuie,
vous me parlez toûjours d'amour.
LE BERGER.
Je vous parle de ce que je fens.
SILVIA.
Oui, mais je ne fens rien moi.
LE BERGER.
Voilà ce qui me défefpere.
SILVIA.
Ce n'eft pas ma faute; je fai bien que
toutes nos Bergeres ont chacune un Berger qui ne les quitte point; elles me di-
fent qu'elles aiment, qu'elles foûpirent,
elles y trouvent leur plaifir, pour moi je

fuis bien malheureufe, depuis que vous dites que vous foûpirez pour moi, j'ai fait ce que j'ai pû pour foûpirer auffi, car j'aimerois autant qu'une autre à être bien aife; s'il y avoit quelque fecret pour cela, tenez, je vous rendrois heureux tout d'un coup, car je fuis naturellement bonne.

LE BERGER.

Hélas! pour de fecret je n'en fai point d'autre que celui de vous aimer moi-même.

SILVIA.

Apparemment que ce fecret-là ne vaut rien, car je ne vous aime point encore, & j'en fuis bien fâchée; comment avez-vous fait pour m'aimer, vous?

LE BERGER.

Moi! je vous ai vûe: voilà tout.

SILVIA.

Voyez quelle différence; & moi plus je vous vois, & moins je vous aime; n'importe, allez, allez, cela viendra peut-être: mais ne me gênez point: par exemple, à préfent, je vous haïrois fi vous reftiez ici.

LE BERGER.

Je me retirerai donc puifque c'eft vous plaire: mais pour me confoler, donnez-moi votre main que je la baife.

SILVIA.

SILVIA.

Oh non ! on dit que c'eſt une faveur, & qu'il n'eſt pas honnête d'en faire, & cela eſt vrai, car je ſai bien que les Bergeres ſe cachent de cela.

LE BERGER.

Perſonne ne nous voit.

SILVIA.

Oui, mais puiſque c'eſt une faute, je ne veux point la faire qu'elle ne me donne du plaiſir comme aux autres.

LE BERGER.

Adieu donc, belle Silvia, ſongez quelquefois à moi.

SILVIA.

Oui, oui.

SCENE V.

SILVIA, ARLEQUIN, *mais il ne vient qu'un moment après que Silvia a été ſeule.*

SILVIA.

QUe ce Berger me déplaît avec ſon amour ! toutes les fois qu'il me parle, je ſuis toute de méchante humeur, *& puis voyant Arlequin:* Mais qui eſt-ce qui vient là ! ah mon Dieu le beau garçon !

Arlequin poli. B

ARLEQUIN *entre en joüant au volant, il vient de cette façon jusqu'aux piés de Silvia : là , en joüant , il laisse tomber le volant , & en se baissant pour le ramasser , il voit Silvia , il demeure étonné & courbé ; petit à petit & par secousses , il se redresse le corps : quand il s'est entierement redressé : il la regarde , elle honteuse feint de se retirer , dans son embarras , il l'arrête , & dit :*

Vous êtes bien pressée.

SILVIA.

Je me retire , car je ne vous connois pas.

ARLEQUIN.

Vous ne me connoissez pas ! tant-pis ; faisons connoissance , voulez-vous ?

SILVIA *encore honteuse.*

Je le veux bien.

ARLEQUIN *alors s'approche d'elle , & lui marque sa joye par de petits ris , & dit:*
Que vous êtes jolie !

SILVIA.

Vous êtes bien obligeant.

ARLEQUIN.

Oh point , je dis la vérité.

SILVIA , *en riant un peu à son tour.*
Vous êtes bien joli aussi , vous.

ARLEQUIN.

Tant mieux : où demeurez-vous ? je vous irai voir.

SILVIA.

Je demeure tout près : mais il ne faut pas venir ; il vaut mieux nous voir toûjours ici, parce qu'il y a un Berger qui m'aime, il seroit jaloux, il nous suivroit.

ARLEQUIN.

Ce Berger-là vous aime!

SILVIA.

Oui.

ARLEQUIN.

Voyez donc cet impertinent, je ne le veux pas moi : est-ce que vous l'aimez, vous!

SILVIA.

Non, je n'en ai jamais pû venir à bout.

ARLEQUIN.

C'est bien fait, il faut n'aimer personne que nous deux; voyez si vous le pouvez.

SILVIA.

Oh, de reste, je ne trouve rien de si aisé.

ARLEQUIN.

Tout de bon?

SILVIA.

Oh, je ne mens jamais : mais où demeurez-vous aussi ?

ARLEQUIN *lui montrant du doigt.*

Dans cette grande maison.

B ij

SILVIA.

Quoi chez la Fée!

ARLEQUIN.

Oui.

SILVIA *triftement*.

J'ai toûjours eu du malheur.

ARLEQUIN, *triftement auffi*.

Qu'eft-ce que vous avez, ma chere amie?

SILVIA.

C'eft que cette Fée eft plus belle que moi, & j'ai peur que notre amitié ne tienne pas.

ARLEQUIN *impatiemment*.

J'aimerois mieux mourir.

Et puis tendrement.

Allez, ne vous affligez pas, mon petit cœur.

SILVIA.

Vous m'aimerez donc toûjours?

ARLEQUIN.

Tant que je ferai en vie.

SILVIA.

Ce feroit bien dommage de me tromper, car je fuis fi fimple : mais mes moutons s'écartent, on me gronderoit s'il s'en perdoit quelqu'un : il faut que je m'en aille. Quand reviendrez vous?

ARLEQUIN *avec chagrin*.

Oh, que ces moutons me fâchent!

SILVIA.

Et moi auſſi, mais que faire, ſerez-vous ici ſur le ſoir?

ARLEQUIN.

Sans faute.

En diſant cela, il lui prend la main & il ajoûte

Oh les jolis petits doigts !

Il lui baiſe la main, & dit :

Je n'ai jamais eu de bonbon ſi bon que cela.

SILVIA *rit, & dit :*

Adieu donc *& puis à part.* Voilà que je ſoûpire, & je n'ai point eu de ſecret pour cela.

Elle laiſſe tomber ſon mouchoir en s'en allant : Arlequin le ramaſſe & la rappelle pour le lui donner.

ARLEQUIN.

Mon amie.

SILVIA.

Que voulez-vous, mon Amant ? *& puis voyant ſon mouchoir entre les mains d'Arlequin.* Ah ! c'eſt mon mouchoir, donnez.

ARLEQUIN *le tend, & puis retire la main; il héſite, & enfin il le regarde, & dit :*

Non je veux le garder, il me tiendra compagnie : qu'eſt-ce que vous en faites ?

SILVIA.

Je me lave quelquefois le viſage ; & je m'eſſuie avec.

ARLEQUIN *en le déployant.*

Et par où vous fert-il, afin que je le baife par-là.

SILVIA *s'en allant.*

Par-tout : mais j'ai hâte, je ne vois
plus mes moutons : adieu jufqu'à tantôt.

ARLEQUIN *la falue en faifant des finge-*
ries, & fe retire auffi.

SCENE VI.

La Scene change, & repréfente le Jardin
de la Fée.

LA FE'E, TRIVELIN.

LA FE'E.

EH bien ! notre jeune homme a-t-il
goûté ?

TRIVELIN.

Oui, goûté comme quatre : il excelle
en fait d'appétit.

LA FE'E.

Où eft-il à préfent ?

TRIVELIN.

Je crois qu'il joue au volant dans les
prairies : mais, j'ai une nouvelle à vous
apprendre.

LA FE'E.

Quoi, qu'eſt-ce que c'eſt?

TRIVELIN.

Merlin eſt venu pour vous voir.

LA FE'E.

Je ſuis ravie de ne m'y être point ren-
contrée ; car c'eſt une grande peine que de
feindre de l'amour pour qui l'on n'en ſent
plus.

TRIVELIN.

En vérité, Madame, c'eſt bien dommage que ce petit innocent l'ait chaſſée de
votre cœur. Merlin eſt au comble de la
joie, il croit vous épouſer inceſſamment.
Imagines-tu quelque choſe de ſi beau qu'elle, me diſoit-il tantôt, en regardant votre portrait? Ah ! Trivelin, que de plaiſirs
m'attendent ! mais je vois bien que de ces
plaiſirs - là, il n'en tâtera qu'en idée, &
cela eſt d'une triſte reſſource quand on s'en
eſt promis la belle & bonne réalité. Il re-
viendra, comment vous tirerez - vous
d'affaire avec lui ?

LA FE'E.

Juſqu'ici je n'ai point encore d'autre
parti à prendre que de le tromper.

TRIVELIN.

Eh ! n'en ſentez - vous pas quelque re-
mords de conſcience ?

LA FE'E.

Oh ! j'ai bien d'autres chofes en tête, qu'à m'amufer à confulter ma confcience fur une bagatelle.

TRIVELIN *à part.*

Voilà ce qui s'appelle un cœur de femme complet.

LA FE'E.

Je m'ennuie de ne point voir Arlequin; je vais le chercher: mais le voilà qui vient à nous. Qu'en dis-tu, Trivelin ? Il me femble qu'il fe tient mieux qu'à l'ordinaire.

SCENE VII.

Arlequin arrive tenant en main le mouchoir de Silvia qu'il regarde, & dont il fe frotte tout doucement le vifage.

LA FE'E, TRIVELIN.

LA FE'E *continuant de parler à Trivelin.*

JE fuis curieufe de voir ce qu'il fera tout feul, mets-toi à côté de moi, je vais tourner mon anneau qui nous rendra invifibles.

ARLEQUIN *arrive au bord du Théâtre & il faute en tenant le mouchoir de Silvia,*

il

il le met dans son sein, il se couche, & se roule
dessus, & tout cela gaiement.

LA FE'E *à Trivelin.*

Qu'est-ce que cela veut dire? Cela me
paroît singulier; où a-t-il pris ce mouchoir? ne seroit-ce pas un des miens qu'il
auroit trouvé? ah! si cela étoit, Trivelin,
toutes ces postures-là seroient peut-être
de bon augure.

TRIVELIN.

Je gagerois-moi que c'est un li ngequi
sent le musc.

LA FE'E.

Oh non! je veux lui parler; mais éloi-
gnons-nous un peu, pour feindre que nous
arrivons.

Elle s'éloigne de quelques pas, pendant
qu'Arlequin se promene en long en chantant.

Ter li ta ta li ta.

LA FE'E.

Bon jour, Arlequin.

ARLEQUIN *en tirant le pié, & met-*
tant le Mouchoir sous son bras :

Je suis votre très-humble Serviteur.

LA FE'E *à part à Trivelin.*

Comment! voilà des manieres! Il ne
m'en a jamais tant dit depuis qu'il est ici.

ARLEQUIN *à la Fée.*

Madame, voulez-vous avoir la bonté
de vouloir bien me dire comment on est

Arlequin poli. C

quand on aime bien une perfonne?

LA FE'E *charmée à Trivelin.*

Trivelin, entends-tu? *Et puis à Arle-*
quin. Quand on aime, mon cher enfant,
on fouhaite toûjours de voir les gens, on
ne peut fe féparer d'eux; on les perd de
vûe avec chagrin: enfin on fent des tranf-
ports, des impatiences, & fouvent des
defirs.

ARLEQUIN *en fautant d'aife, &*
comme à part.

M'y voilà.

LA FE'E.

Eft-ce que vous fentez tout ce que je
dis-là?

ARLEQUIN *d'un air indifférent.*
Non, c'eft une curiofité que j'ai.

TRIVELIN.

Il jafe vraiment?

LA FE'E.

Il jafe, il eft vrai, mais fa réponfe ne
me plaît pas: mon cher Arlequin, ce
n'eft donc pas de moi que vous parlez?

ARLEQUIN.

Oh! je ne fuis pas un niais, je ne dis
pas ce que je penfe.

LA FE'E *avec feu, & d'un ton brufque.*

Qu'eft-ce que cela fignifie? où avez-
vous pris ce mouchoir?

ARLEQUIN *la regardant avec crainte.*
Je l'ai pris a terre.

LA FE'E.
A qui eſt-il ?

ARLEQUIN.
Il eſt à .... *& puis s'arrêtant* , je n'en
fai rien.

LA FE'E.
Il y a quelque m ſtere déſolant là-
deſſous. Donnez-moi ce mouchoir. *Elle*
le lui arrache , & après l'avoir regardé avec
chagrin , & à part. Il n'eſt pas a moi , &
il le baiſoit ! n'importe, cachons-lui més
ſoupçons , & ne l'intimidons pas , car il
ne me découvriroit rien.

ARLEQUIN *alors va le Chapeau bas ,*
& humblement lui redemander le mouc oir.
Ayez la charité de me rendre le mouchoir.

LA FE'E , *en ſoupirant en ſecret.*
Tenez, Arlequin , je ne veux pas vous
l'ôter puiſqu'il vous fait plaiſir.

ARLEQUIN *n le recevant baiſe la*
main , la ſalue , & s'en va.

LA FE'E *le regardant.*
Vous me quittez ; où allez-vous ?

RLEQUIN.
Dormir ſous un arbre.

LA FE'E *doucement.*
Allez, allez.

SCENE VIII.

LA FE'E, TRIVELIN.

LA FE'E.

AH! Trivelin, je fuis perdue.

TRIVELIN.

Je vous avoue, Madame, que voici une aventure où je ne comprends rien ; que feroit-il donc arrivé à ce petit pefte-là ?

LA FE'E *au défefpoir & avec feu.*

Il a de l'efprit, Trivelin, il en a, & je n'en fuis pas mieux, je fuis plus folle que jamais. Ah! quel coup pour moi! que le petit ingrat vient de me paroître aimable! As-tu vû comme il eft changé? As-tu remarqué de quel air il me parloit? Combien fa phyfionomie étoit devenue fine? & ce n'eft pas de moi qu'il tient toutes ces graces-là. Il a déjà de la délicateffe de fentiment, il s'eft retenu, il n'ofe me dire à qui appartienr le mouchoir, il devine que j'en ferois jaloufe ; ah! qu'il faut qu'il ait pris d'amour pour avoir déjà tant d'efprit! Que je fuis malheureufe! Une autre lui entendra dire ce *je vous aime,* que j'ai tant defiré, & je

fens qu'il méritera d'être adoré : je suis
au défefpoir. Sortons, Trivelin ; il s'agit
ici de découvrir ma rivale, je vais le fui-
vre & parcourir tous les lieux où ils
pourront fe voir, cherche de ton côté,
va vîte, je me meurs.

*La Scene change, & repréfente une prai-
rie où de loin paiffent des Moutons.*

SCENE IX.

SILVIA, UNE DE SES COUSINES.

SILVIA.

ARrête-toi un moment, ma coufine, je t'aurai bientôt conté mon
hiftoire, & tu me donneras quelqu'avis.
Tiens j'étois ici quand il eft venu ; dès
qu'il s'eft approché, le cœur m'a dit que
je l'aimois, cela eft admirable ! il s'eft
approché auffi, il m'a parlé ; fais-tu ce
qu'il m'a dit ? qu'il m'aimoit auffi. J'é-
tois plus contente que fi on m'avoit donné tous les moutons du Hameau. Vraiment je ne m'étonne pas fi toutes nos
Bergeres font fi aifes d'aimer ; je voudrois
n'avoir fait que cela depuis que je fuis au
monde, tant je le trouve charmant : mais
ce n'eft pas tout, il doit revenir ici bien-

tôt, il m'a déjà baifé la main, & je vois
bien qu'il voudra me la baifer encore,
donne-moi confeil, toi qui as eu tant d'a-
mans ; dois-je le laiffer faire ?

LA COUSINE

Garde-t'en bien, ma Coufine, fois
bien févere, cela entretient l'amour d'un
amant.

SILVIA.

Quoi, il n'y a point de moyen plus aifé
que cela pour l'entretenir ?

LA COUSINE.

Non ; il ne faut point auffi lui dire tant
que tu l'aimes.

SILVIA.

Eh ! comment s'en empêcher ? je fuis
encore trop jeune pour pouvoir me gêner.

LA COUSINE.

Fais comme tu pourras : mais on m'attend, je ne puis refter plus long-temps ;
adieu ma Coufine.

SCENE X.

SILVIA *un moment après.*

QUE je fuis inquiete ! j'aimerois autant ne point aimer que d'être obli-

gée d'être sévere : cependant elle dit que
cela entretient l'amour, voilà qui est étran-
ge ; on devroit bien changer une maniere
si incommode, ceux qui l'ont inventée
n'aimoient pas tant que moi.

SCENE XI.

SILVIA, ARLEQUIN.

Arlequin arrive.

SILVIA *en le voyant.*

Voici mon amant, que j'aurai de peine
à me retenir !

*Dès qu'*ARLEQUIN *l'apperçoit, il
vient à elle en sautant de joie, il lui fait
des caresses avec son Chapeau, auquel il a
attaché le mouchoir, il tourne autour de Silvia, tantôt il baise le mouchoir, tantôt il ca-
resse Silvia.*

Vous voilà donc, mon petit cœur ?

SILVIA *en riant.*

Oui, mon amant.

ARLEQUIN.

Estes-vous bien aise de me voir ?

SILVIA.

Assez.

C iiij

ARLEQUIN *en répétant ce mot.*

Affez ! ce n'eft pas affez.

SILVIA.

Oh! fi fait, il n'en faut pas davantage.

ARLEQUIN *ici lui prend la main,*
Silvia paroît embarraffée, Arlequin en la
tenant dit :

Et moi je ne veux pas que vous difiez
comme cela. *Il veut alors lui baifer la main,*
en difant ces derniers mots.

SILVIA *retirant fa main.*

Ne me baifez pas la main au moins.

ARLEQUIN *fâché.*

Ne voilà-t-il pas encore ! allez, vous
êtes une trompeufe. *Il pleure.*

SILVIA *tendrement, en lui prenant le*
menton.

Hélas! mon petit amant, ne pleurez pas.

ARLEQUIN *continuant de gémir.*

Vous m'aviez promis votre amitié.

SILVIA.

Eh! je vous l'ai donnée.

ARLEQUIN.

Non : quand on aime les gens, on ne
les empêche pas de baifer fa main. *En lui*
offrant la fienne, tenez voilà la mienne,
voyez fi je ferai comme vous.

SILVIA *en fe reffouvenant des confeils de fa*
Coufine, & comme à part.

Oh! ma Coufine dira ce qu'elle vou-

dra, mais je ne puis y tenir ; là, là, con-
folez-vous, mon amant, & baifez ma
main, puifque vous en avez envie ; baifez, mais écoutez, n'allez pas me deman-
der combien je vous aime, car je vous
en dirois toûjours la moitié moins qu'il n'y
en a, cela n'empêchera pas que dans le
fond je ne vous aime de tout mon cœur :
mais vous ne devez pas le favoir, parce
que cela vous ôteroit votre amitié, on me
l'a dit.

ARLEQUIN *d'une voix plaintive.*

Tous ceux qui vous ont dit cela ont
fait un menfonge : ce font des caufeurs qui
n'entendent rien à notre affaire. Le cœur
me bat quand je baife votre main, & que
vous dites que vous m'aimez, & c'eſt
marque que ces chofes-là font bonnes à
mon amitié.

SILVIA.

Cela fe peut bien, car la mienne en va
de mieux en mieux auffi : mais n'importe, puifqu'on dit que cela ne vaut rien,
faifons un marché de peur d'accident :
toutes les fois que vous me demanderez
fi j'ai beaucoup d'amitié pour vous, je
vous répondrai que je n'en ai guere, &
cela ne fera pourtant pas vrai ; & quand
vous voudrez me baifer la main je ne le
voudrai pas, & pourtant j'en aurai envie.

ARLEQUIN *en riant.*

Eh ! eh ! cela fera drôle ! je le veux bien : mais avant ce marché-là , laissez-moi baiser votre main à mon aise, cela ne sera pas du jeu.

SILVIA.

Baisez , cela est juste.

ARLEQUIN *lui baise & rebaise la main , & après faisant réflexion au plaisir qu'il vient d'avoir , il dit :*

Oh ! mais, mon amie peut-être que le marché nous fâchera tous deux.

SILVIA.

Eh ! quand ce'a nous fâchera tout de bon, ne sommes-nous pas les maîtres ?

ARLEQUIN.

Il est vrai , mon amie ; cela est donc arrêté ? SILVIA.

Oui.

ARLEQUIN.

Cela fera tout divertissant : voyons pour voir. *Arlequin ici badine , & l'interroge pour rire.* M'aimez-vous beaucoup ?

SILVIA.

Pas beaucoup.

ARLEQUIN *sérieusement,*

Ce n'est que pour rire au moins, autrement...

SILVIA *riant.*

Eh ! sans doute.

ARLEQUIN *pourſuiv ant toûjours la badinerie,*
& riant.

Ah, ah, ah, *& puis pour badiner encore.*
Donnez moi votre main, ma mignonne.

SILVIA.

Je ne le veux pas.

ARLEQUIN *foûriant.*

Je ſai pourtant que vous le voudriez
bien.

SILVIA.

Plus que vous : mais je ne veux pas le
dire.

ARLEQUIN *foûriant encore ici, & puis*
changeant de façon, & triſtement.

Je veux la baiſer, ou je ſerai fâché.

SILVIA.

Vous badinez, mon amant ?

ARLEQUIN *comme triſtement toûjours.*

Non.

SILVIA.

Quoi ! c'eſt tout de bon ?

ARLEQUIN.

Tout de bon.

SILVIA. *en lui tendant la main.*

Tenez-donc.

SCENE XI.

Ici La Fe'e *qui les cherchoit arrive, &*
dit à part en retournant son anneau.

AH! je vois mon malheur!

Arlequin *après avoir baisé la main*
de Silvia.

Dame, je badinois.

SILVIA.

Je vois bien que vous m'avez attrapée:
mais j'en profite aussi.

Arlequin *qui lui tient toûjours la*
main.

Voilà un petit mot qui me plaît comme
tout.

La Fe'e *à part.*

Ah! juste ciel, quel langage! Paroif-
fons.

Elle retourne son anneau.

Silvia *effrayée de la voir fait un cri.*
Ah!

Arlequin *de son côté.*
Ouf!

La Fe'e *à* Arlequin *avec altération.*
Vous en savez déja beaucoup.

Arlequin *embarrassé.*
Eh! eh! je ne savois pourtant pas que
vous étiez-là.

La Fe'e *en le regardant.*

Ingrat ! *Et puis le touchant de sa baguette.*
Suivez-moi.

Après ce dernier mot elle touche aussi Silvia sans lui rien dire.

Silvia *touchée dit :*

Miséricorde !

La Fée alors part avec Arlequin qui marche devant en silence , & comme par compas.

SCENE XII.

Silvia *seule , tremblante & sans bouger.*

AH! la méchante femme ; je tremble encore de peur : Hélas ! peut-être qu'elle va tuer mon amant, elle ne lui pardonnera jamais de m'aimer : mais je sai bien comment je ferai ; je m'en vais assembler tous les Bergers du Hameau, & les mener chez elle : allons. *Silvia là-dessus veut marcher : mais elle ne peut avancer un pas , elle dit :*

Qu'est-ce que j'ai donc ? je ne puis me remuer.

Elle fait des efforts , & ajoûte :

Ah cette Magicienne m'a jetté un sortilége aux jambes.

A ces mots deux ou trois Lutins viennent pour l'enlever.

SILVIA *tremblante.*

Ahi ! ahi ! Meſſieurs, ayez pitié de moi : au ſecours, au ſecours.

UN DES LUTINS.

Suivez-nous, ſuivez-nous.

SILVIA.

Je ne veux pas, je veux retourner au logis.

UN AUTRE LUTIN.

Marchons.

Il l'enleve en criant.

SCENE XIII.

La Scene change, & repréſente le Jardin de la Fée.

LA FE'E *paroît avec* **ARLEQUIN,** *qui marche devant elle dans la même poſture qu'il a fait ci-devant, & la tête baiſſée.*

LA FE'E.

Fourbe que tu es ! je n'ai pû paroître aimable à tes yeux, je n'ai pû t'inſpirer le moindre ſentiment, malgré tous les ſoins & toute la tendreſſe que tu m'as vûe, & ton changement eſt l'ouvrage

d'une misérable Bergere ! Réponds, ingrat ; que lui trouves-tu de si charmant ?
Parle.

ARLEQUIN *feignant d'être retombé
dans sa bêtise.*

Qu'est-ce que vous voulez ?

LA FE'E.

Je ne te conseille pas d'affecter une stu-
pidité que tu n'as plus, & si tu ne te mon-
tres tel que tu es, tu vas me voir poignar-
der l'indigne objet de ton choix.

ARLEQUIN *vîte & avec crainte.*

Eh ! non, non, je vous promets que
j'aurai de l'esprit autant que vous le voudrez.

LA FE'E.

Tu trembles pour elle.

ARLEQUIN

C'est que je n'aime pas à voir mourir
personne.

LA FE'E.

Tu me verras mourir, moi, si tu ne
m'aimes.

ARLEQUIN *en la flatant.*

Ne soyez donc point en colere contre
nous.

LA FE'E *en s'attendrissant.*

Ah ! mon cher Arlequin, regarde-
moi, repens-toi de m'avoir désespérée,
j'oublierai de quelle part t'est venu ton

efprit : mais puifque tu en as, qu'il te ferve à connoître les avantages que je t'offre.

ARLEQUIN.

Tenez dans le fond, je vois bien que j'ai tort ; vous êtes belle & brave cent fois plus que l'autre ! j'enrage.

LA FE'E

Eh ! de quoi !

ARLEQUIN.

C'eft que j'ai laiffé prendre mon cœur par cette petite friponne qui eft plus laide que vous.

LA FE'E *foûpire en fecret, & dit :*

Arlequin, voudrois-tu aimer une per-fonne qui te trompe, qui a voulu badiner avec toi, & qui ne t'aime pas ?

ARLEQUIN.

Oh ! pour cela fi fait, elle m'aime à la folie.

LA FE'E.

Elle t'abufoit, je le fai bien, puif-qu'elle doit époufer un Berger du Village qui eft fon amant : fi tu veux, je m'en vais l'envoyer chercher, & elle te le dira elle-même.

ARLEQUIN *en fe mettant la main fur la poitrine, ou fur fon cœur.*

Tic, tac, tic, tac, ouf, voilà des pa-roles qui me rendent malade. *Et puis vîte.*

Allons

Allons, allons, je veux ſavoir cela ; car ſi elle me trompe, jarni je vous careſſerai, je vous épouſerai devant ſes deux yeux pour la punir.

LA FÉE.

Eh bien ! je vais donc l'envoyer chercher.

ARLEQUIN *encore émû.*

Oui : mais vous êtes bien fine, ſi vous êtes là quand elle me parlera, vous lui ferez la grimace, elle vous craindra, & elle n'oſera me dire rondement ſa penſée.

LA FÉE.

Je me retirerai.

ARLEQUIN.

La peſte, vous êtes une ſorciere, vous nous jouerez un tour comme tantôt, & elle s'en doutera, vous êtes au milieu du monde, & on ne voit rien ; oh ! je ne veux point que vous trichiez ; faites un ſerment que vous n'y ſerez pas en cachette.

LA FÉE.

Je te le jure foi de Fée.

ARLEQUIN.

Je ne ſai point ſi ce juron-là eſt bon ; mais je me ſouviens à cette heure quand on me liſoit des hiſtoires, d'avoir vû qu'on juroit par le ſix, le tix, oui le Styx.

LA FÉE.

C'eſt la même choſe.

Arlequin poli. D

ARLEQUIN.

N'importe, jurez toûjours ; dame, puis-
que vous craignez, c'est que c'est le meil-
leur.

LA FE'E *après avoir rêvé.*

Eh bien ! je n'y serai point, je t'en jure par le Styx, & je vais donner ordre
qu'on l'amene ici.

ARLEQUIN.

Et moi en attendant je m'en vais gémir
en me promenant.

Il sort.

SCENE XIV.

LA FE'E *seule.*

MOn serment me lie : mais je n'en
sai pas moins le moyen d'épouvan-
ter la Bergere sans être présente, & il me
reste une ressource ; je donnerai mon anneau à Trivelin qui les écoutera invisible,
& qui me rapportera ce qu'ils auront dit :
Appellons-le : Trivelin : Trivelin !

SCENE XV.

LA FE'E, TRIVELIN.

TRIVELIN *vient.*

QUe voulez-vous, Madame !

LA FE'E.

Faites venir ici cette Bergere, je veux lui parler ; & vous, prenez cette Bague, quand j'aurai quitté cette fille, vous avertirez Arlequin de lui venir parler, & vous le suivrez sans qu'il le sache pour venir écouter leur entretien, avec la précaution de retourner la Bague, pour n'être point vû d'eux, après quoi vous me redirez leurs discours. Entendez-vous ? soyez exact je vous prie.

TRIVELIN.

Ouï, Madame.
Il sort pour aller chercher Silvia.

SCENE XVI.

LA FE'E *un moment seule.*

ESt - il d'aventure plus triste que la mienne ? je n'ai lieu d'aimer plus que je n'aimois, que pour en souffrir davan-

D ij

tage ; cependant il me reſte encore quelqu'eſpérance : mais voici ma rivale.

Silvia entre.

LA FE'E *en colere.*

Approchez , approchez.

SILVIA.

Madame , eſt-ce que vous voulez toûjours me retenir de force ici ? Si ce beau
Garçon m'aime , eſt-ce ma faute ? Il dit
que je ſuis belle , dame , je ne puis pas
m'empêcher de l'être !

LA FE'E *avec un ſentiment de fureur à part.*

Oh ! ſi je ne craignois de tout perdre ,
je la déchirerois. *Haut.* Ecoutez-moi, petite fille , mille tourmens vous ſont pré-
parés , ſi vous ne m'obéiſſez.

SILVIA *en tremblant.*

Hélas ! vous n'avez qu'à dire.

LA FE'E.

Arlequin va paroître ici , je vous ordonne de lui dire que vous n'avez voulu
que vous divertir avec lui , que vous ne
l'aimez point , & qu'on va vous marier
avec un Berger du Village ; je ne paroî-
trai point dans votre converſation : mais
je ſerai à vos côtés ſans que vous me
voyiez , & ſi vous n'obſervez mes ordres
avec la derniere rigueur ; s'il vous échape
le moindre mot qui lui faſſe deviner que
je vous aie forcée à lui parler comme je

le veux., tout eft prêt pour votre fup-
plice.

SILVIA.

Moi , lui dire que j'ai voulu me mo-
quer de lui ! cela eft - il raifonnable ? il fe
mettra à pleurer , & je me mettrai à pleurer auffi : vous favez bien que cela eft im-
manquable.

LA FE'E *en colere.*

Vous ofez me réfifter ! paroiffez , Efprits infernaux , enchaînez-la & n'oubliez
rien pour la tourmenter.

DES ESPRITS ENTRENT.

SILVIA *pleurant , dit :*

Navez-vous pas de confcience de me de-
mander une chofe impoffible.

LA FE'E *aux Efprits.*

Ce n'eft pas tout ; allez prendre l'ingrat qu'elle aime , & donnez-lui la mort
à fes yeux.

SILVIA *avec exclamation.*

La mort ! ah ! Madame la Fée, vous n'a-
vez qu'à le faire venir , je m'en vais lui
dire que je le hais , & je vous promets de ne
point pleurer du tout ; je l'aime trop pour
cela.

LA FE'E.

Si vous verfez une larme , fi vous ne
paroiffez tranquile , il eft perdu & vous
auffi. *Aux Efprits.* Otez-lui fes fers. *A Sil-*

via : Quand vous lui aurez parlé, je vous ferai reconduire chez vous, si j'ai lieu d'être contente : il va venir, attendez ici.

La Fée sort, & les Esprits aussi.

SCENE XVII.

SILVIA.

Un moment seule.

ACHevons vîte de pleurer, afin que mon Amant ne croye pas que je l'aime ; le pauvre enfant, ce seroit le tuer moi-même. Ah ! maudite Fée ! mais essuyons mes yeux, le voilà qui vient.

Arlequin entre alors triste & la tête penchée, il ne dit mot jusqu'auprès de Silvia, il se présente à elle, la regarde un moment sans parler, & après Trivelin invisible entre.

ARLEQUIN.

Mon amie !

SILVIA *d'un air libre.*

Eh bien.

ARLEQUIN.

Regarde-moi.

SILVIA *embarrassée.*

A quoi sert tout cela, on m'a fait venir

ici pour vous parler ; j'ai hâte. Qu'eſt - ce
que vous voulez ?

ARLEQUIN *tendrement.*

Eſt-ce vrai que vous m'avez fourbé ?

SILVIA.

Oui, tout ce que j'ai fait, ce n'étoit
que pour me donner du plaiſir.

ARLEQUIN *s'approche d'elle tendre-*
ment, & lui dit.

Mon amie, dites franchement, cette
coquine de Fée n'eſt point ici, car elle en
a juré. *Et puis en flattant Silvia.* Là, là,
remettez - vous, mon petit cœur, dites,
êtes - vous une perfide ? Allez - vous être
la femme d'un vilain Berger ?

SILVIA.

Oui, encore une fois, tout cela eſt vrai.

ARLEQUIN *là - deſſus pleure de toute*
ſa force.

Hi, hi, hi.

SILVIA *à part.*

Le courage me manque.

ARLEQUIN *en pleurant ſans rien di-*
re, cherche dans ſes poches ; il en tire un pe-
tit Couteau qu'il éguiſe ſur ſa manche.

SILVIA *le voyant faire.*

Qu'allez-vous donc faire ?

Alors ARLEQUIN *ſans répondre allon-*
ge le bras comme pour prendre ſa ſecouſſe,
& ouvre un peu ſon eſtomac.

SILVIA *effrayée.*

Ah ! il se va tuer ; arrêtez-vous, mon Amant, j'ai été obligée de vous dire des menteries. *Et puis en parlant à la Fée qu'elle croit à côté d'elle.* Madame la Fée, pardonnez-moi en quelque endroit que vous soyez ici, vous voyez bien ce qui en est.

ARLEQUIN *à ces mots cessant son désespoir, lui prend vite la main, & dit :*

Ah ! quel plaisir ! soûtenez-moi m'amour, je m'évanoüis d'aise.

SILVIA *le soûtient.*

TRIVELIN *alors paroît tout d'un coup à leurs yeux.*

SILVIA *dans la surprise dit :*

Ah ! voilà la Fée.

TRIVELIN.

Non, mes enfans, ce n'est pas la Fée : mais elle m'a donné son anneau, afin que je vous écoutasse sans être vû. Ce seroit bien dommage d'abandonner de si tendres Amans à sa fureur : aussi-bien ne mérite-elle pas qu'on la serve, puisqu'elle est infidele au plus généreux Magicien du monde à qui je suis dévoüé. Soyez en repos ; je vais vous donner un moyen d'assûrer votre bonheur. Il faut qu'Arlequin paroisse mécontent de vous, Silvia, & que de votre côté, vous feigniez

de

de le quitter en le raillant : je vais chercher la Fée qui m'attend , à qui je dirai
que vous vous êtes parfaitement acquit-
tée de ce qu'elle vous avoit ordonné ,
elle fera témoin de votre retraite. Pour
vous , Arlequin , quand Silvia fera fortie ,
vous refterez avec la Fée , & alors en l'af-
fûrant que vous ne fongez plus à Silvia
infidele , vous jurerez de vous attacher à
elle , & tâcherez par quelque tour d'adref-
fe , & comme en badinant de lui prendre
fa baguette ; je vous avertis que dès qu'elle fera dans vos mains , la Fée n'aura plus
aucun pouvoir fur vous deux ; & qu'en la
touchant elle-même d'un coup de Baguette , vous en ferez abfolument le maître.
Pour-lors vous pourrez fortir d'ici , & vous
faire telle deftinée qu'il vous plaira.

S I L V I A.

Je prie le ciel qu'il vous récompenfe.

A R L E Q U I N.

Oh ! quel honnête homme ! quand j'aurai la Baguette , je vous donnerai votre
plein chapeau de liards.

T R I V E L I N.

Préparez - vous , je vais amener ici la
Fée.

Arlequin poli.   E

SCENE XVIII.

ARLEQUIN SILVIA.

ARLEQUIN.

MA chere amie, la joie me court dans le corps, il faut que je vous baise, nous avons bien le tems de cela.

SILVIA *en l'arrêtant.*

Taisez-vous donc, mon ami, ne nous caressons pas à cette heure, afin de pouvoir nous caresser toûjours : on vient, dites-moi bien des injures, pour avoir la Baguette.

SCENE XIX.

LA FE'E, TRIVELIN. ARLEQUIN SILVIA,

ARLEQUIN *comme en colere.*

Allons, petite coquine.

TRIVELIN *à la Fée en entrant.*

Je crois, Madame, que vous aurez lieu d'être contente.

ARLEQUIN *continuant à gronder Silvia.*

Sortez d'ici, friponne : voyez cette petite effrontée : Sortez d'ici, mort de ma vie.

SILVIA *se retirant en riant.*

Ah ! ah ! qu'il est drôle ! adieu, adieu, je m'en vais épouser mon Amant : une autre fois ne croyez pas tout ce qu'on vous dit, petit garçon.

Et puis Silvia dit à la Fée.

Madame, voulez-vous que je m'en aille ?

LA FÉE *à Trivelin.*

Faites-la sortir, Trivelin.

TRIVELIN *emmene Silvia.*

SCENE XX.

LA FÉE, ARLEQUIN.

LA FÉE.

JE vous avois dit la vérité, comme vous voyez.

ARLEQUIN *comme indifférent.*

Oh ! je me soucie bien de cela : c'est une petite laide qui ne vous vaut pas. Allez, allez, à présent je vois bien que

E ij

vous êtes une bonne perſonne : fy, que j'étois ſot ! laiſſez faire, nous l'attraperons bien quand nous ferons mari & femme.

LA FE´E.

Quoi ! mon cher Arlequin, vous m'aimerez donc ?

ARLEQUIN.

Eh ! qui donc ? j'avois aſſûrement la vûe trouble. Tenez, cela m'avoit fâché d'abord : mais à préſent je donnerois toutes les Bergeres des Champs pour une mauvaiſe épingle : *& puis doucement.* Mais, vous n'avez peut-être plus envie de moi à cauſe que j'ai été ſi bête ?

LA FE´E *charmée.*

Mon cher Arlequin, je te fais mon maître, mon mari ; oui je t'épouſe, je te donne mon cœur, mes richeſſes, ma puiſſance ; es-tu content ?

ARLEQUIN *en la regardant ſur cela tendrement.*

Ah ! ma mie ; que vous me plaiſez ! *& lui prenant la main.* Moi, je vous donne ma perſonne, & puis cela encore, c'eſt ſon Chapeau. Et puis encore cela, c'eſt ſon Epée.

La-deſſus en badinant il lui met ſon Epée au côté, & dit en lui prenant ſa Baguette.

Et je m'en vais mettre ce bâton à mon côté.

Quand il tient la Baguette, LA FE'E *inquiete lui dit :*

Donnez, donnez-moi cette Baguette, mon fils, vous la casserez.

ARLEQUIN *se reculant aux approches de la Fée, tournant autour du Théatre & d'une façon reposée.*

Tout doucement, tout doucement.

LA FE'E *encore plus allarmée.*

Donnez-donc vîte, j'en ai besoin.

ARLEQUIN *alors la touche de la Baguette adroitement, & lui dit :*

Tout beau, asso, ez-vous-là ; & soyez sage.

LA FE'E *tombe sur le siége de gason mis auprès de la grille du Théatre, & dit :*

Ah ! je suis perdue, je suis trahie !

ARLEQUIN *en riant.*

Et moi je suis on ne peut pas mieux : oh ! oh ! vous me grondiez tantôt, parce que je n'avois pas d'esprit ; j'en ai pourtant plus que vous.

Arlequin alors fait des sauts de joie, il rit, il danse, il siffle, & de tems en tems va autour de la Fée, & lui montrant la Baguette :

Soyez bien sage, Madame la Sorciere, car, voyez-vous bien cela ? *Alors il appelle tout le monde.* Allons, qu'on m'apporte ici

mon petit cœur. Trivelin, où ſont mes
Valets & tous les Diables auſſi , vîte,
j'ordonne, je commande, ou par la ſem-
bleu . . . . .

Tout accourt à ſa voix.

SCENE DERNIERE.

SILVIA *conduite par* TRIVELIN.

LES DANSEURS,

LES CHANTEURS ET LES

ESPRITS.

Arlequin *courant au-devant de Silvia,*
& lui montrant la Baguette.

MA chere amie , voilà la machine,
je ſuis Sorcier à cette heure ; tenez, prenez ; il faut que vous ſoyez Sorciere auſſi.

Il lui donne la Baguette.

Silvia *prend la Baguette en ſautant*
d'aiſe , & dit :

Oh ! mon Amant, nous n'aurons plus
d'envieux.

A peine Silvia a-t-elle dit ces mots, que
quelques Esprits *s'avancent, & l'un d'eux*
dit :

Vous êtes notre Maîtresse, que voulez-vous de nous ?

Silvia surprise de leur approche se retire, & a peur, & dit :

Voilà encore ces vilains hommes, qui me font peur.

A R L E Q U I N *fâché.*

Jarni, je vous apprendrai à vivre.

A Silvia.

Donnez-moi ce bâton, afin que je les rosse.

Il prend la Baguette, & ensuite bat les Esprits avec son Epée, il bat après les Danseurs, les Chanteurs & jusqu'à Trivelin même.

S I L V I A, *lui dit en l'arrêtant :*

En voilà assez, mon ami.

A R L E Q U I N *menace toûjours tout le monde, & va à la Fée qui est sur le banc, & la menace aussi.*

S I L V I A *alors s'approche à son tour de la Fée, & lui dit en la saluant :*

Bon jour Madame, comment vous portez-vous ? Vous n'êtes donc plus si méchante ?

L A F E'E *retourne la tête en jettant des regards de fureur sur eux.*

S I L V I A.

Oh ! qu'elle est en colere !

A R L E Q U I N *alors à la Fée.*

Tout doux, je suis le maître ; allons

qu'on nous regarde tout à l'heure agréablement.

S I L V I A
Laissons-la là , mon ami , soyons généreux : la compassion est une belle chose.

A R L E Q U I N.
Je lui pardonne : mais je veux qu'on chante , qu'on danse , & puis après nous irons nous faire Roi quelque part.

F I N.

A P P R O B A T I O N.

J'Ai lû par l'ordre de Monseigneur le Chancelier une Comédie qui a pour titre: *Arlequin poli par l'Amour* , & j'ai cru que l'impression en seroit agréable au Public. À Paris ce 2. Juin 1723.

D A N C H E T.

A P P R O B A T I O N.

J'Ai lû par l'ordre de Monseigneur le Garde des Sceaux, *le Nouveau Théatre Italien*: j'ai examiné en particulier les différentes Pieces qui le composent, & je n'y ai rien trouvé qui puisse en empêcher l'impression. Fait à Paris ce trois Novembre mil sept cens vingt-huit.

D A N C H E T.

www.ingramcontent.com/pod-product-compliance
Lightning Source LLC
Chambersburg PA
CBHW060816180626
46818CB00002B/837